CHUGGINGTON™

Campeonato de trenes

Adaptado por Michael Anthony Steele
Basado en la historia de Claudia Silver y Sarah Ball

SCHOLASTIC INC.
New York   Toronto   London   Auckland
Sydney   Mexico City   New Delhi   Hong Kong

Originally published in English as *Chuggington: The Chugger Championship*

Translated by J.P. Lombana

ISBN 978-0-545-31433-6

12 11 10 9 8 7 6 5 4 3 2   11 12 13 14 15 16/0

Printed in the U.S.A.   40
First Scholastic Spanish printing, July 2011

Era un bello día en Chuggington. Los trenes se habían reunido en el patio de vagones para oír un importante anuncio.

"Buenos días, trenes —dijo Vee, el conserje—. ¡Mañana es el Campeonato de Trenes! Será una carrera alrededor de Chuggington. ¡Y el ganador ganará un trofeo!"

—¡Trentástico! ¡Yo soy muy rápida! —dijo
Koko, y se dirigió a sus mejores amigos,
Wilson y Bruno—: ¡Vamos! ¡Tenemos
que entrenar!

Koko y Wilson se alistaron para una carrera de práctica.
—En sus marcas, listos, ¡fuera! —dijo Bruno.

Koko tomó la delantera rápidamente. Estaba tan contenta de ser la líder que se desvió por la vía equivocada.

—¡Y Wilson gana por una luz! —dijo Bruno.

—Pero yo soy más rápida que tú —dijo Koko a Wilson—. ¡Debí haber ganado!

—¡Soy el campeón! —dijo Wilson riéndose.

—Mañana lo veremos —dijo Koko, y se fue enojada.

Al día siguiente, los trenes se reunieron en el patio para dar inicio a la carrera.

Koko y Wilson estaban uno al lado del otro y no se dijeron una sola palabra. Los dos querían ganar.

"En sus marcas, listos, ¡fuera!", dijo Vee.

Viejo Pedro estaba buscando un lugar seguro para mirar la carrera. ¡Pero cuando Koko se le acercó a toda marcha, se dio cuenta de que estaba en una de las vías de la competencia!

—Vaya —dijo Viejo Pedro—, ¡tal vez esta vieja
locomotora todavía pueda competir!
Y decidió unirse a la carrera.

Por todo Chuggington, la gente vitoreaba a los trenes que corrían. Wilson tuvo una idea.

—¡Mira, Koko! —dijo—. ¡Alguien quiere tomarte una foto!

—¡Es porque soy la más rápida! —dijo Koko sonriendo y frenando.

—¡Ahora no podrás alcanzarme! —gritó Wilson al so-
brepasarla.
    —¡No es justo! —dijo Koko al ver que la había engañado.

Koko volvió a arrancar y avanzó por la vía. Alcanzó a Wilson, que había parado para tomar una curva.

—¡Ayúdame, Koko! —dijo Wilson—. Iba muy rápido y se me acabó el combustible.

—¡Sí, claro! —dijo Koko—. No me engañarás otra vez.

—No es un truco —suplicó Wilson, pero Koko ya
lo había pasado de largo.

De pronto, Wilson oyó que un tren se acercaba por detrás. Era Emery, el tren de carga rápido.
Emery no vio que Wilson estaba al otro lado de la curva. ¡Iba a estrellarse contra él!
—¡Cuidado! —dijo Wilson—. ¡Tren detenido!

Koko oyó que Emery se acercaba por la vía y también oyó el grito de auxilio de Wilson. Sabía que su amigo estaba en un grave aprieto.

—¡Agárrate, Wilson! —dijo Koko, y se devolvió rápidamente y lo sacó de la vía.

–Gracias –dijo Wilson–. Pero vas a perder la carrera por haberme ayudado.

–Es más importante saber que estás a salvo que ganar la carrera –dijo Koko.

Koko remolcó a Wilson hasta el final de la carrera.
Llegaron justo a tiempo para ver a Viejo Pedro cruzando
la meta.
—Y el ganador es... ¡Viejo Pedro! —anunció Vee.

—Perdón por haberte engañado, Koko —dijo Wilson—. Si no hubieras parado a ayudarme, habrías podido ganar.

—Fui muy tonta al querer ganar —dijo Koko—. Lo siento.

—¿Amigos? —preguntó Wilson.

—¡Amigos! —dijo Koko.

—Vee, me parece que otro tren merece el trofeo —dijo Viejo Pedro—. Yo no corrí desde el punto de partida.

"Bueno —dijo Vee—, yo sé de un tren que no llegó en primer lugar por ayudar a un amigo, y por eso merece el trofeo. Yo digo que la campeona de este año es... ¡Koko!"

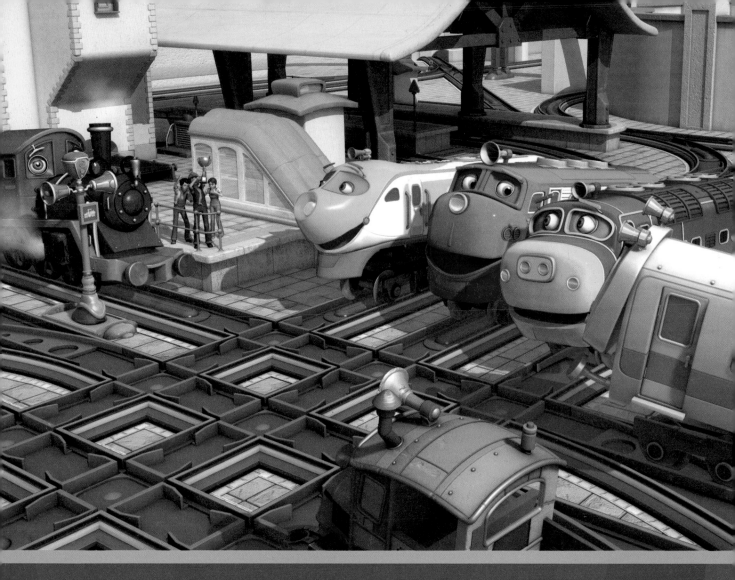

Todos los trenes felicitaron a la nueva campeona:

—¡Bravo, Koko!